Charlotte et l'île du Destin

Une histoire imaginée et illustrée
par Stéphane Jorisch
et racontée par Olivier Lasser.

Les grands albums • Les 400 coups

Nous remercions le Conseil des
Arts du Canada de l'aide accordée
à notre programme de publication
et la SODEC pour son appui
financier en vertu du programme
d'aide aux entreprises du livre et
de l'édition spécialisée.

Nous reconnaissons l'aide financière
du gouvernement du Canada par
l'entremise du Programme d'aide au
développement de l'industrie de
l'édition (PADIÉ) pour nos activités
d'édition.

Charlotte et l'île du Destin
a été publié sous la direction de
Christiane Duchesne.

Conception graphique et montage :
Andrée Lauzon
Révision : Christiane Duchesne
Correction : Michèle Marineau

Diffusion au Canada
Diffusion Dimedia inc.
539, boulevard Lebeau
Ville Saint-Laurent (Québec)
H4N 1S2

© 1998 Stéphane Jorisch,
Olivier Lasser
et les éditions Les 400 coups
Montréal (Québec) Canada

Dépôt légal — 3ᵉ trimestre 1998
Bibliothèque nationale du Québec
Bibliothèque nationale du Canada

ISBN 2-921620-13-8

2ᵉ édition

Imprimé au Canada sur les
presses de Litho Mille-Îles ltée
en AVRIL 2000.

À mes deux Charlotte et à mon Charlot.
S.J.

À Lyne B., chasseuse de nuages.
O.L.

*J*zzback-fliszzz... *ChchchbAc! Pschschsch... Woubouftourloup!*

La vapeur tournicote et s'échappe, juste avant que le couvercle de la mijoteuse se referme. «Et... hop!» Maître Schmoldüsh lève alors un sourcil en broussaille et sourit largement. Grimpée sur l'escabeau, le visage encadré par ses deux petites mains, Charlotte l'observe.

Jzzback-fliszzz... Depuis l'aube, Adrien Schmoldüsh, le maître brasseur de l'île du Destin, prépare de précieuses potions. *ChchchbAc! Pschschsch...* Par chaque cheminette dressée s'enfuit une drôle d'odeur (fruit séché, plus bébé qui dort, plus matin mouillé). Invisible à l'œil ordinaire, l'île est suspendue dans l'azur, inaccessible si ce n'est par un élan du cœur. *Jzzback!* «Et voilà!» Maître Schmoldüsh fait claquer un dernier couvercle.

Il est le chef de l'île, le gardien de la recette, le goûteur en chef, le patron de tous. Ici, on brasse les destins depuis... depuis... depuis la nuit des temps, bien sûr! On mélange le hasard et la chance, auxquels on ajoute quelques bonnes idées et deux ou trois autres secrets. Après plusieurs semaines de fermentation sous haute surveillance, cinq gouttes de cet élixir sont introduites dans des billes de «verre de sucre», qui prennent la forme de gouttes de rosée. Ces billes sont alors confiées aux oiseaux mirlitimirlités, infatigables messagers qui vont chaque jour déposer les précieuses gouttes dans le jus de framboise ou d'abricot, le lait tiède ou le sirop d'orgeat du bébé humain, très loin de l'île, au cœur de la grande Cité. Voilà ce qui se passe dans l'île du Destin.

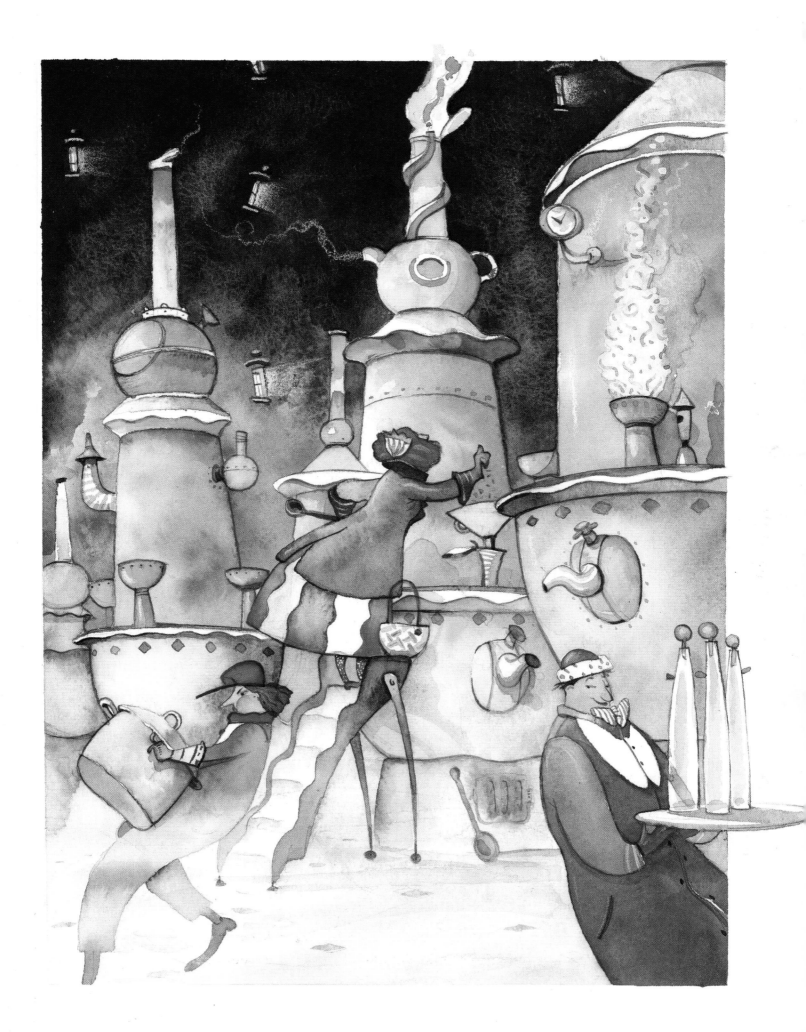

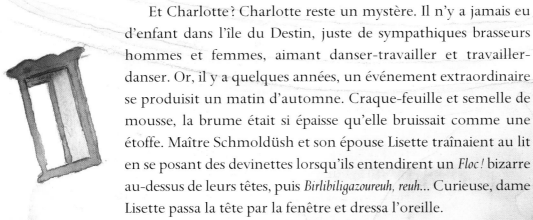

Et Charlotte? Charlotte reste un mystère. Il n'y a jamais eu d'enfant dans l'île du Destin, juste de sympathiques brasseurs hommes et femmes, aimant danser-travailler et travailler-danser. Or, il y a quelques années, un événement extraordinaire se produisit un matin d'automne. Craque-feuille et semelle de mousse, la brume était si épaisse qu'elle bruissait comme une étoffe. Maître Schmoldüsh et son épouse Lisette traînaient au lit en se posant des devinettes lorsqu'ils entendirent un *Floc!* bizarre au-dessus de leurs têtes, puis *Birlibiligazoureuh, reuh...* Curieuse, dame Lisette passa la tête par la fenêtre et dressa l'oreille.

— Qu'est-ce que c'est que ça ? s'exclama-t-elle.

Maître Schmoldüsh, en caleçon rayé, sortit du lit et grimpa à toute berzingue l'escalier qui menait au toit. Sa tête passa bientôt par la lucarne. Que ne vit-il pas ? Un landau, puis, à côté, une gamine emmaillotée qui se promenait à quatre pattes sur les tuiles du toit. Un bébé ! Un bébé dans l'île du Destin ! Dame Lisette n'en revenait pas... Bientôt on fit la queue devant la porte des Schmoldüsh pour voir la petite chose qui avait fait *Floc !* en tombant. On baptisa «Charlotte» le bébé-du-toit, et les Schmoldüsh l'adoptèrent.

Charlotte est devenue l'enfant de l'île et, depuis quelque temps, elle donne un coup de main à la préparation des potions. C'est elle qui cueille les fleurs de chance et les brindilles de hasard. Son meilleur ami s'appelle Zig. C'est un chien-dragon. Il connaît beaucoup d'histoires.

Chaque fois que les oiseaux mirlitimirlités reviennent de leurs voyages, Charlotte et Zig les attendent sur la piste d'atterrissage pour les interroger. «Et patati et patata...» Charlotte ne peut s'empêcher de rêver de plus en plus fort à la Cité lointaine.

— Ainsi, dit-elle, il existe très loin d'ici d'autres enfants semblables à moi. Ainsi, ils ont des parents, des frères, des sœurs, des oncles et des tantes, des petits cousins très énervants et même des voisins pour jouer!

Charlotte et Zig se regardent. La petite fille n'est pas malheureuse dans l'île du Destin, les Schmoldüsh sont si gentils. Mais, mais...

C'est plus fort que tout : cette vie racontée par les petits facteurs en habits de plumes, Charlotte veut y goûter !

Un matin de brume, Charlotte profite du moment où Adrien et Lisette Schmoldüsh jouent aux devinettes dans leur lit pour quitter l'île du Destin en compagnie de Zig. En grand secret, ils se sont fabriqué un navire de fortune : pour la coque, une cuve à compote ; pour le gouvernail, la spatule en bois du boulanger.

Zig et Charlotte pique-niquent, puis font
un petit somme collés-collés, bercés par les
vagues géantes qui ne sont rien d'autre que
des montagnes qui dansent. En s'éveillant,
ils aperçoivent une nouvelle terre.

À peine ont-ils débarqué qu'un brouhaha se fait entendre. *«Poc tirlido, poc tirlido!»* Une foule de drôles grimpés sur de grosses bêtes se presse à la rencontre de la petite fille et de son ami. Personne ne tient en place. Coups de coude, clins d'œil, on rit, on pouffe, on pointe du doigt. Et on commente! Saluts du chapeau, courbettes et accolades, on s'esclaffe! Tout le monde parle en même temps, rit et saute sur place. Charlotte ne sait plus où regarder, ni qui écouter. Zig se colle contre elle.

— *Poc, poc tadam et tirlidam !* Bonjour, la petite. C'est
nous, les Genfous, dit celui qui semble être le chef.

Je m'appelle Gérard Genfous. Qui êtes-vous, *poc ? poc ?*
Voulez-vous jouer ? On peut jouer, *poc ?* J'ai une devinette…

Tout à coup, une voix s'élève, plus forte que les autres.

— Ho! C'est l'heure du polo, *poc! poc!*

— Ah oui! Ah oui! s'écrient alors tous les Genfous.

Et la foule se met en mouvement, entraînant Charlotte et Zig vers le terrain de polo. Bientôt, Charlotte comprend que l'heure du polo revient dix fois par jour chez les Genfous. Cela commence à lui mettre sérieusement les nerfs en boule. De plus, les Genfous veulent absolument lui acheter Zig, en faire un jouet pour leurs petits.

— Pas question ! s'écrie Charlotte.

Mais les Genfous ne semblent pas l'entendre, et leurs sourires deviennent de plus en plus inquiétants.

Heureusement, un incident détourne l'attention : le gros animal du roi Gérard se blesse pendant une partie de polo. Attroupement ! Charlotte et Zig en profitent pour s'éclipser. Ils courent vers la plage, sautent dans la cuve à compote, et Zig, de ses deux pattes, rame, rame aussi fort qu'il peut.

Une nuit passe. La lune attend le soleil en lançant des soupirs d'étoiles. Aux premières lueurs, nos deux lascars longent une île chevelue. Oreilles dressées, Zig écoute. Rien ? Ils débarquent.

Sous leurs pieds et sous leurs pattes, une mousse recouvre le sol comme un tapis mou-grattouilleux. Les sapins se tiennent par le bras et empêchent de voir le ciel. Malgré l'aspect inquiétant de cette forêt, Charlotte et Zig jouent à cache-cache en cueillant des fleurs à hélices et des herbes à clochettes. Ils s'enfoncent de plus en plus profondément dans l'île et, bientôt, ils devinent une éclaircie. Prudence.

Soudain...

— Bonjiouourrr, madimoiselle et son ami. Bienvenou. Je m'appelle Jo MéchanLoup et voici mes frérots JackLoup, PhilLoup, GilLoup et JeanLoup, le petit dernier.

Charlotte et Zig sont entourés par une bande à l'allure particulièrement douteuse.

— Comment qu'ça va ? demande Jo MéchanLoup. Et ta grand-mamou ? Elle a toujours ses jolis moutons ?

— Tou loui apportes un p'tit pique-nique ? s'enquiert JackLoup.

— On t'accompagne ? poursuit PhilLoup.

— Tes voisins, c'est bien les trois Ducochon ? Hein ? Mmmm ? interroge GilLoup en salivant.

— Ou la jolie petite chèvre ? Ou le petit Pierre ? chuchote JeanLoup.

— Heu... Je...

Charlotte a l'impression que ses cheveux sont en train de se dresser un par un sur sa tête.

— Je m'appelle Charlotte.

— Quo c'est mignou ! s'exclame Jo MéchanLoup en posant sa patte velue sur les épaules de Zig, qui reste pétrifié.

— Charlotte... Charlotte comment ? Charlotte Dugigot ? suggère JeanLoup.

— Non ! Charlotte Schmoldüsh ! affirme la petite fille.

— Schmoldüsh ? s'exclament les cinq loups, interloqués.

Ils forment un cercle, les pattes de l'un sur les épaules de l'autre.

— Screugneugneu, screugneugneu... Pas prévu ce nom-là, déclare Jo.

— Est-elle comestible ?

— Schmoldüsh, c'est du quoi ?

Les loups se grattent la tête et réfléchissent.

— JeanLoup goûtera le premier ! décide Jo MéchanLoup.

Et tous se donnent des tapes dans les pattes, se
pourlèchent les babines, se redonnent des tapes dans
les pattes, se retournent, mais...

Charlotte et Zig sont déjà loin. Ils courent, ils
courent jusqu'à la cuve à compote qui les attend sur
la plage. Ils s'enfuient si vite qu'ils n'aperçoivent
même pas la vieille sorcière en train de repeindre au
miel les volets de sa maison de pain d'épice.

Une tempête, deux tempêtes, trois tempêtes.
Zut! Charlotte et Zig se sentent perdus et ne savent
plus s'ils doivent espérer une nouvelle île. Heureusement, un vol de petits oiseaux mirlitimirlités passe
au-dessus d'eux, montrant du bout du bec un point
noir à l'horizon...

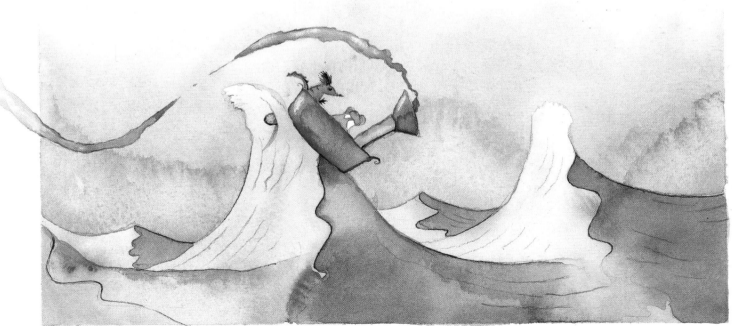

La Cité!

L'eau du port est très agitée. Elle mousse et, pour tout dire, ressemble à la grande vaisselle annuelle d'Adrien Schmoldüsh quand il met de l'ordre dans son laboratoire. Et ça ne sent pas bon!

La petite embarcation zigzague, ballottée par les vagues que creusent les gros navires.

— *Tooooot!* hurle un cargo en fronçant les sourcils.

— *Tooot* et *retooooot!* rétorque le remorqueur.

— *Sbong!* fait la cuve en heurtant une balise de métal.

— Sapristi! Zig, regarde donc!

Charlotte a le bout du nez pointé vers le ciel, ses yeux ont les volets grands ouverts : la Cité, la grande Cité-du-temps-qui-passe est là, devant eux.

Le long du quai, les immeubles portent tous une grosse horloge en guise de chapeau. Ils se tiennent très droit et accrochent les rayons du soleil à leurs mille fenêtres.

Nos deux petits coquins sont arrivés. Pas la moindre cheminette ici, mais de gros cigares de briques qui crachent des nuages. Dans les rues, d'étonnantes embarcations posées sur quatre roues foncent à toute vitesse et font un bruit terrible en lâchant des gaz.

— Place, place, pressé, pressé...

Un petit bonhomme soucieux bouscule les visiteurs. Il tient une montre dans sa main et la surveille comme si elle allait se démantibuler d'un coup. Le petit homme est bientôt suivi par une foule agitée, qui s'échappe d'une bouche aux lèvres de pierre au-dessus de laquelle il est écrit *Métro*.

— Place, place, pressé, pressé...

Chacun observe sa montre, fronce les sourcils et court, court comme s'il était poursuivi par la famille MéchanLoup. Charlotte perd de vue son compagnon. Quand elle le retrouve, il semble complètement découragé. Il a le nez qui coule, les yeux qui picotent.

— Charlotte..., commence Zig.

— Je sais... Viens, cherchons un jardin !

Mais personne n'a le temps de leur indiquer le moindre petit parc.

— Trop long, trop compliqué, pas l'temps... en retard !

Est-ce cela, le monde extraordinaire des vrais petits enfants ? Les seuls enfants que Charlotte a pu apercevoir lui ont fait des grimaces aux vitres d'un immense engin très jaune monté sur quatre roues. Zig, de son côté, a constaté que les chiens de la Cité sont toujours attachés et qu'ils n'ont pas beaucoup de conversation !

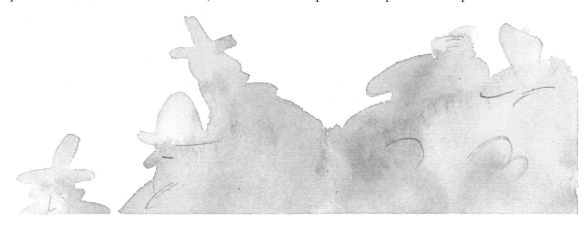

Truffe et bout du nez pointés vers la cime des gratte-ciel, Zig et Charlotte passent devant une sorte d'usine. Quelques oiseaux mirlitimirlités planent au-dessus du bâtiment. Zig et Charlotte décident d'explorer l'endroit. Dissimulés derrière une grosse dame en blouse blanche, ils grimpent les escaliers et parviennent jusqu'à un aquarium sans eau. Dans l'aquarium, des petits bébés joufflus circulent sur un tapis roulant. Une autre dame en blouse blanche les attrape, les enveloppe dans un manteau à capuchon, accroche une étiquette sur le manteau, puis dépose les bébés sur un autre tapis roulant, que Zig et Charlotte suivent aussitôt. Les petits bébés parcourent ainsi tout le couloir, puis descendent dans une sorte de glissoire jusqu'au niveau de la rue.

Un monsieur à casquette et à l'œil ultra-mobile supervise leur arrivée dans un engin à moteur pétaradant. Ayant aperçu Zig et Charlotte, le monsieur à casquette leur demande :

— Alors, on visite ? On est venue voir son petit frère ? C'est quoi, ce chien ? Il a le droit d'entrer ?

— Vous les emmenez où, ces bébés ? s'inquiète Charlotte.

— Chez leurs parents ! Ils n'ont pas le temps de venir les chercher ! Je suis le livreur de l'hôpital.

— Mais la maman, elle n'est pas à l'hôpital ?

— Déjà repartie ! Pouvait pas attendre ! Petit programme de remise en forme... et hop ! au boulot !

Zig regarde Charlotte ; Charlotte regarde Zig, puis les bébés sur le tapis roulant.

— Viens, Zig, il faut retourner au port.

Les boulevards n'en finissent plus de traîner en longueur. Déjà le soir tombe. Zig propose à Charlotte de grimper au sommet d'un des immeubles afin de retrouver la direction du port. Les deux amis s'engouffrent dans le premier édifice venu et sont emportés par la foule vers une boîte dans laquelle tout le monde se tient debout serré sans rigoler ! Zig se réfugie dans les bras de Charlotte. Bientôt, la boîte semble s'élever dans les airs en faisant Zip ! De temps en temps, elle s'arrête et libère un monsieur ou une dame, qui s'enfuit aussitôt en courant. Les deux petits étrangers se retrouvent finalement seuls, quand la porte de la boîte magique s'ouvre une dernière fois sur le toit !

La grosse pendule de cet immeuble a le dos ouvert comme celui d'un scarabée. Un monsieur barbichu semble y réparer quelque chose.

— Bonjour, les petits !

— Bonjour, monsieur. Nous cherchons la direction du port.

— Regardez vous-mêmes : tout droit, puis à gauche, encore à gauche, passez le pont, puis à droite sous le tunnel, à gauche, à droite, et voilà. Dans le port, vous direz bonjour de ma part à ce vieux Düschmoll. Vous le reconnaîtrez facilement, il pêche ! Voilà sept ans qu'il dépense ainsi son temps. Mais il est brave et, si vous avez besoin d'aide, il saura vous aider. Si vous avez de la chance, vous pourrez voir ce qu'il a fabriqué... Un bateau, mes petits, un bateau extraordinaire !

— Merci, monsieur l'horloger.

Charlotte et Zig atteignent bientôt le port. Charlotte s'approche d'un bonhomme qui semble bien être monsieur Düschmoll. Il est étonnant, cet homme, dans la Cité où tout le monde court tout le temps! Monsieur Düschmoll ne court pas, lui : il est assis et il pêche.

— Bonjour, mes enfants! s'exclame le pêcheur. On se promène? C'est bien la première fois que je vois quelqu'un flâner dans ce pays.

— On cherche notre bateau, il est petit et rond... Ce n'est pas un bateau, d'ailleurs. Mais... vous n'avez sans doute pas le temps de nous aider.

— Ah! ah! ah! Pas le temps? Tout le temps! Je suis horloger à la retraite. Le temps, c'était mon gagne-pain, mais maintenant, c'est fini. Je pêche et j'écoute le temps qui passe en regardant la mer, qui m'a pris tous mes rêves.

— Vous n'êtes donc pas pressé?

— Oh non, petite! Depuis que la mer m'a pris mon bonheur, je ne cours plus, je guette.

— Vous guettez quoi?

— Le retour du bonheur, pardi! Un jour, il va revenir, c'est sûr. Allez, je vous emmène voir ma femme, Linette Düschmoll. Moi, je m'appelle André. Et vous?

— Charlotte Schmoldüsh. Et voici Zig. Mais pourquoi dites-vous que la mer vous a pris votre bonheur?

— Un jour, ma fille, son mari et leur petite fille encore bébé sont partis pour une promenade en mer. Je leur avais pourtant dit d'attendre le retour du beau temps, mais ils n'avaient pas le temps. Il y a eu une terrible tempête. Tornadissime tempête. On ne les a jamais revus. Depuis, ma femme et moi, nous attendons. Et quand, trop rarement, nos yeux se croisent, les larmes ne sont pas loin.

Dans la demeure des Düschmoll, il y a des dizaines de pendules, toutes arrêtées. Linette est une charmante petite dame. Elle prépare un lit bien douillet pour ses deux invités.

Le lendemain matin, installée devant un gros bol de chocolat, Charlotte raconte aux Düschmoll l'île du Destin et l'histoire de sa drôle de naissance.

— Ainsi, tu es arrivée, comme ça, sur le toit de la maison ?

— Oui, et mon papa dit que c'est un joli mystère. Mais, monsieur André, nous avons perdu notre cuve à compote. Pour retourner chez nous, il n'y a qu'une solution. Un gentil horloger nous a dit que vous aviez fabriqué un bateau extraordinaire. Pourriez-vous nous le prêter ?

— Je le voudrais bien, petite, dit le vieil homme, mais mon extraordinaire bateau ne fonctionne pas. Cela fait des années que je travaille sur le mécanisme de son moteur. Il y a toujours quelque chose qui coince. Venez, je vais tout de même vous le montrer.

André, Charlotte et Zig se dirigent alors vers une étrange embarcation munie de pattes. André ouvre la trappe du moteur.

— Voyez, c'est coincé.

À ce moment, Zig, l'as du bricolage, se gratte la tête. Puis, prenant dans la poche de Charlotte une bille de l'île du Destin, il la brise et laisse couler l'élixir sur les roues dentelées du moteur... qui se met aussitôt à fonctionner.

—Hourra! s'écrient-ils tous les trois.

Au moment du départ, André est un peu triste,

— Vous pourriez rester ici, chez nous ?

— Oh, mais je n'aime pas du tout cette Cité, répond Charlotte. Et puis, je veux retrouver mon papa et ma maman Schmoldüsh. Mais je vous écrirai, monsieur André. Les petits oiseaux mirlitimirlités sont mes amis, ils vous apporteront mes lettres. Je ne vous oublierai jamais.

Sur le quai, André et Linette se serrent l'un contre l'autre. Ils savent qu'ils ne perdent pas Charlotte, mais que, au contraire, ils ont retrouvé leur petite-fille perdue.

— Au revoir, papi André, au revoir, mamie Linette ! À bientôt ! Je vous aime ! s'écrie Charlotte, tandis que Zig agite un grand mouchoir.

Comme promis, chaque semaine Charlotte confie une lettre aux oiseaux mirlitimirlités. Dans la Cité-du-temps-qui-passe, dans la petite maison des Düschmoll, ronronnent désormais des dizaines de pendules. André et Linette se regardent de nouveau en souriant.

Et là-bas, chez elle, Charlotte est heureuse...

Fin

E LAS
Lasser, Olivier
Charlotte et l'île du Destin :
Notice : 349755

 Bataille des livres